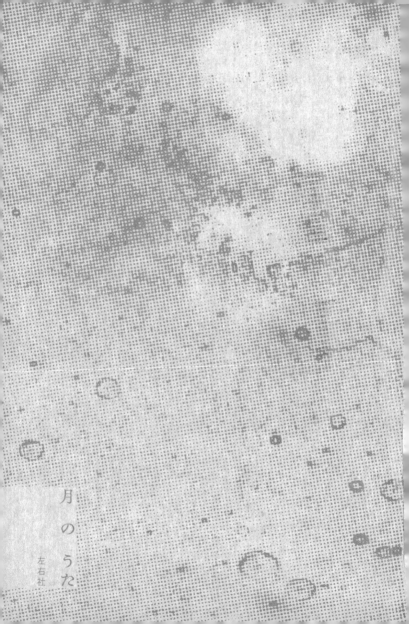

# 月のうた

左右社

# 月のうた

異界への案内役をするらしい満月の夜をあるくかまきり

早坂類

柔らかな布団の隅に腰掛ける月のひかりに漕ぎ出しそうだ

嶋稟太郎

月　とだけ、伝えたくなる　ひとつだけ胸ぜんたいに月が広がる

谷川由里子

終電ののちのホームに見上げれば月はスケートリンクの匂い

服部真里子

はやく何か建てばいいって言われてる空き地を月が歩いているよ

雪舟えま

真夜中にAmazonの段ボール届く　つきのひかりを注文すれば

竹中優子

春の月出ておいで今日寂しさはポケットのない上着のようだった

前田康子

人生を棒に振らうよ月ひとつささやく方に杯をかざして

黒瀬珂瀾

月夜、アラビア文字のサイトにたどりつくごとく出逢ひてまたは逢はざり

光森裕樹

月面のようなえくぼだ夜の駅好きって言ったら届くだろうか

初谷むい

サイコーってひらいてく手を　月が取る　それをもう一度取ってみる

平英之

ふところに月を盗んできたようにひとり笑いがこみあげてくる

永田和宏

二番目の月がのぼって純潔のマネキンたちは恋人になれ

藤本玲未

ゆうはんはポテトチップス一袋つまんで歩く月をひだりに

山階基

今夜から月がふたつになるような気がしませんか　気がしませんか

笹井宏之

きみどりのドロップス舌にのせながら「月にも海があるってほんと？」

村上きわみ

火曜日の奥に水曜日があって天体知らない僕のムーンウォーク

川村有史

まだふたり名残惜しさを口にする距離にはなくて月のはなしを

吉岡太朗

ゆっくりと心はひらく　実際に月に行ったら怖いだろうか

相田奈緒

水面の月のひかりに　透きとおるものばかり見し一日を載す

内山晶太

ぼくの持つバケツに落ちた月を食いめだかの腹はふくらんでゆく

佐佐木定綱

代名詞ゆえのさみしさ友だちと月のパルコでまちあわせして

兵庫ユカ

あなたが月とよんでいるものはここでは少年とよばれている

フラワーしげる

満月をつい何べんも確かめる　何べん見てもまんまるである

枡野浩一

月明かりが欲しいゆっくり肘伸ばしながら窓へと手をひらきだす

山田航

ほんたうはあなたさびしいひとでせう月が自力でひかりだす夜

本多真弓

あかるくて冷たい月の裏側よ冷蔵庫でも苺は腐る

平岡直子

舞うようにゆっくり喋れば月面の手話通訳士のうつくしい手技

石井僚一

死者たちの団欒映すテレビジョンは涙に濡れて月燃え上がる

笹公人

まつぶさに眺めてかなし月こそは全《また》き裸身と思ひいたりぬ

水原紫苑

月光を挽くのこぎりの刃はむかし図工の部屋の冬の窓辺に

鈴木加成太

藍青《らんじやう》の天《そら》のふかみに昨夜《よべ》切りし爪の形の月浮かびをり

小島ゆかり

なぜ君は嬉しい?などと訊くのだろう今夜は月の色もきれいだ

松村正直

茸《きのこ》たちの月見の宴に招かれぬほのかに毒を持つものとして

石川美南

# Boy・Meets・Dragon・Sword・（とび石を・跳ねていったら・ある月の寺）

相川弘道

屈託のある天使たち　通常の五倍の濃さで月を見ている

瀬口真司

会社へと走るわたしと夜からの居残りとしてある白い月

川島結佳子

爆発した同期のお陰でぐにゃぐにゃのブラインド越しに見える満月

三田三郎

少しずつ月を喰らって逃げている獣のように生きるしかない

虫武一俊

あのやばい人が行ったら月を見に出ようと見ればやはり兄なり

山川藍

試されることの多くて冬の街　月よりうすいチョコレート噛む

鯨井可菜子

どこにいても月は等しく欠けていると盗まれながら薔薇は思った

くどうれいん

暗くした視聴覚室のカーテンに穴があいてるみたいな月だよ、　こっち

千種創一

星の本を子と読みおれば「月までは歩いて十年」歩いてみたし

俵万智

月を見ながら迷子になった　メリーさんの羊を歌うおんなを連れて

穂村弘

歩行者用押ボタン式信号の青の男の五歩先に月

斉藤斎藤

図書館のひろい机にみているると月は封蠟だとわかるでしょう

丸山るい

つきかげは古書の活字にまぶされてシナモンの香につづく眠りを

濱松哲朗

月を洗えば月のにおいにさいなまれ夏のすべての雨うつくしい

井上法子

窓から窓へ月が配給されてゆく　氷を舐めてそれを見てゐる

睦月都

月光は今も満ちるかぼくたちが愛と憎悪を学んだ部屋に

松野志保

真珠色の月を視たことあやまつてあなたを殺す夢のをはりに

魚村晋太郎

ぼくたちは月でアダムとイブになるＮＡＳＡの警告なんか無視して

木下龍也

# 他人との距離の取り方わからない我に親しい月の輝き

絹川柊佳

遠足の写真は月の写真だよ　心からきらいにならないで

我妻俊樹

学校を月光と打ちまちがえるひかりのなかで息むずかしい

橋爪志保

本当の理由聞かざることがまた月の光の様にちらつく

廣野翔一

満月と見紛う黄色い風船が浮かぶ　狂えぬものとはぼくだ

中澤系

月光は脈打つ傷のように来るあなたがあなたになる前の秋

大森静佳

# 犬小屋が燃えてるそばできみはうつくしい月の生活を話す

野村日魚子

指を折りかぞえてさびしいわたくしはあなたにとって何番目の月

鈴木美紀子

なんにんを愛してもいい掌で太陽の横に月を沈める

山木礼子

ほそく降る月のひかりに照らされてあなたは青い鈍器のやうだ

藪内亮輔

ばかみたい。
月のように信じてる
わすれないで
ついてこないで

今橋愛

つないだ手いつか手錠に変わってもいいと思っている月の下

柴田瞳

月影はわたしに続いているけれど川に出る　川に映ってる月

椛沢知世

世界最後の人魚のために研ぎすます月のひかりに真実がある

荻原裕幸

梅干しの種しゃぶりつつ見る月のまんまるなのは苦しいよなあ

北山あさひ

沁みる月と沁みない月とかわいい月があります　でもぜんぶもういい

脇川飛鳥

月の夜に友達が減る帰り道　帰りの電車代が足りない

仲田有里

真夜中のバドミントンが　月が暗いせいではないね　つづかないのは

宇都宮敦

燦々と月の光の差す道で僕が自分に手渡す桔梗

堂園昌彦

空、
空、
空、
空の車はつかまらずつかのま月へ挙手をしている

toron*

見上げたらすごい満月だったみたいにいま気づいてるわたしの答え

伊藤紺

ただの道　ただのあなたが振り返る　月明かりいまかたむいていく

阿波野巧也

満月は一つの出口　今そこに身体から抜け出す猫がいる

田村穂隆

月面にはじめて降りたときの脚の感触を忘れないように起きて

左沢森

降りそうで降らない、が一日中だった一日の終わりに見えた月

平出奔

僕たちはいま月の下　喉のばす駱駝のように月を見ている

花山周子

こんなにも悲しい路地についてくる月あかるくて月、陽キャだ

郡司和斗

明滅する電飾の月　心音はわたしにねむる記憶と思う

山崎聡子

もう十分自分を責めたひとの眼にだけ映り込む新月のひかり

寺井奈緒美

言い合いの後のベランダやわらかい月の影まではじめて見た日

堀静香

淡水パールはずした胸をしんみりと真水にさらす　月はきれいね

東直子

月が綺麗ですねとＬＩＮＥしてみたら昨日もきれいだつたと言はれた

逢坂みずき

「月見た？」「うん。見た」そうやってＡＩになっても残るやりとりをして

小島なお

月面の窪みはクレーターと呼ばれ、千年後、私が袖を通す真新しいシャツ

佐クマサトシ

デスマスクみたいな月だ　いいかげん程よくあなたを忘れなければ

上澄眠

満月に呼ばれるように着地するホットケーキは円に近づく

岡本真帆

波だって月の引力の現象で　愛を肯定しようと思う

中村森

# 外科病棟午前三時の非常口ランプこの世の果ての月光

錦見映理子

月齢はさまざまなるにいくたびも君をとおして人類を抱く

大滝和子

数えるほどのはしゃいだ夜のことも忘れる昼間の月を見失うように

岡野大嗣

施錠確認に月のひかりの射していて君を本当に好きだと思う

長谷川麟

月の夜は橋のやうなるベランダをあともどりできぬもののごとゆく

川野芽生

世の中でいちばんかなしいおばけだといってあげるよまるかった月

盛田志保子

月光に削がれ削がれていつの日かいなくなるときわたしはきれい

佐藤弓生

月ゆきのバス停で待っている（バスが来たのだろう眩しすぎて見えない）

鈴木晴香

月にまつわる歌をあつめたカセットを月のひかりに曝しておいた

安田茜

月を見つけて月いいよねと君が言う　ぼくはこっちだからじゃあまたね

永井祐

# 著者紹介・出典

掲載順

**早坂類**　はやさか・るい

山口県出身。歌集に『風の吹く日にベランダにいる』『黄金の虎／ゴールデンタイガー』『早坂類自選歌集』。現代詩、小説など多ジャンルで活動。小説『ルピナス』『睡蓮』など。青木景子名義での著書もある。

P.3　異界への〜

『早坂類自選歌集』（RANGAI文庫）

**嶋稟太郎**　しま・りんたろう

一九八八年生まれ、宮城県出身。短歌結社「未来」所属。二〇一七年、未来年間賞受賞。第三回笹井宏之賞染野太朗賞受賞。歌集に『羽と風鈴』。

P.4　柔らかな〜

『羽と風鈴』（書肆侃侃房）

**谷川由里子**　たにがわ・ゆりこ

一九八二年生まれ、神奈川県出身。第一回笹井宏之賞大森静佳賞受賞。歌集に『サワーマッシュ』。

P.5　月　とだけ、〜

『サワーマッシュ』（左右社）

**服部真里子**　はっとり・まりこ

一九八七年生まれ、神奈川県出身。第二四回歌壇賞受賞。歌集に『行け広野へと』（第二一回日本歌人クラブ新人賞、第五九回現代歌人協会賞）『遠くの敵や硝子を』。

P.6　終電の〜

『行け広野へと』（本阿弥書店）

**雪舟えま**　ゆきふね・えま

一九七四年生まれ、北海道出身。小説家としても活動。歌集に『たんぽるぽる』『はーはー姫が彼女の王子たちに出逢うまで』『緑と楯　ロングロングデイズ』。小説『タラチネ・ドリーム・マイン』『プラトニック・プラネッツ』『緑と楯　ハイスクール・デイズ』、絵本『ナニュークたちの星座』、現代語訳『BL古典セレクション①　竹取物語伊勢物語』など著書多数。

P.7　はやく何か〜
『たんぽるぽる』（短歌研究社）

**竹中優子**　たけなか・ゆうこ

一九八二年生まれ、山口県出身。短歌結社「未来」所属。第六二回角川短歌賞受賞。歌集に『輪をつくる』。詩集に『冬が終わるとき』。

P.8　真夜中に〜
『輪をつくる』（角川書店）

**前田康子**　まえだ・やすこ

一九六六年生まれ、兵庫県出身。短歌結社「塔」所属。歌集に『ねむそうな木』『キンノエノコロ』『色水』『黄あやめの頃』（日本歌人クラブ近畿ブロック優良歌集賞）『窓の匂い』（第五回佐藤佐太郎短歌賞）『おかえり、いってらっしゃい』。

P.9　春の月〜
『キンノエノコロ』（砂子屋書房）

**黒瀬珂瀾**　くろせ・からん

一九七七年生まれ、大阪府出身。短歌結社「未来」所属。「読売歌壇」選者。歌集に『黒耀宮』（第一一回ながらみ書房出版賞）『空庭』『蓮食ひ人の日記』（第一四回前川佐美雄賞）『ひかりの針がうたふ』（第二六回若山牧水賞）。歌書に『街角の歌』など。

P.10　人生を〜
『空庭』（本阿弥書店）

**光森裕樹**　みつもり・ゆうき

一九七九年生まれ、兵庫県出身。第五四回角川短歌賞受賞。歌集に『鈴を産むひばり』（第五五回現代歌人協会賞）『うづまき管だより』（電子書籍）『山椒魚が飛んだ日』。

P.11　月夜、アラビア～
『鈴を産むひばり』（港の人）

**初谷むい**　はつたに・むい
一九九六年生まれ、北海道出身。歌集に『花は泡、そこにいたって会いたいよ』『わたしの嫌いな桃源郷』。
P.12　月面の～
『花は泡、そこにいたって会いたいよ』（書肆侃侃房）

**平英之**　たいら・ひでゆき
一九九〇年生まれ、東京都出身。二〇一八年に佐クマサトシ、N/W（永井亘）とともにWebサイト「TOM」を開設、二〇二〇年まで評論などを発表。
P.13　サイコーって～
『応用テレパシーⅣ』（私家版）

**永田和宏**　ながた・かずひろ
一九四七年生まれ、滋賀県出身。宮中歌会始詠進歌選者。細胞生物学者として、JT生命誌研究館館長、京都大学名誉教授、京都産業大名誉教授。二〇〇九年、紫綬褒章受章。歌集に『メビウスの地平』（第二回現代歌人集会賞）『饗庭』（第三回若山牧水賞、第五〇回読売文学賞詩歌俳句賞）『風位』（第五四回芸術選奨文部科学大臣賞、第三八回迢空賞）『後の日々』（第一九回斎藤茂吉短歌文学賞）など、エッセイ集『たとへば君』『歌に私は泣くだらう　妻・河野裕子闘病の十年』（第二九回講談社エッセイ賞）など著書多数。
P.14　ふところに～
『風位』（短歌研究社）

**藤本玲未**　ふじもと・れいみ
一九八九年生まれ、東京都出身。「かばん」会員。歌集に『オーロラのお針子』。

P.15　二番目の～
『オーロラのお針子』（書肆侃侃房）

山階基　やましな・もとい

一九九一年生まれ、広島県出身。歌集に『風にあたる』『夜を着こなせたなら』。

P.16　ゆうはんは～
『夜を着こなせたなら』（短歌研究社）

笹井宏之　ささい・ひろゆき

一九八二年生まれ、佐賀県出身。第四回歌葉新人賞受賞。二〇〇七年、短歌結社「未来」入会。同年、未来賞受賞。二〇〇九年逝去。歌集に『えーえんとくちから』『ひとさらい』『てんとろり』。

P.17　今夜から～
『えーえんとくちから』（ちくま文庫）

村上きわみ　むらかみ・きわみ

一九六一年生まれ、北海道出身。北限短歌会、ラエティティアを経て、二〇一一年、短歌結社「未来」入会。二〇一二年、未来年間賞受賞。二〇二三年逝去。歌集に『fish』『キマイラ』。

P.18　きみどりの～
ブログ『北緯43度』二〇〇三年一二月三〇日「題詠マラソン二〇〇三」

川村有史　かわむら・ゆうし

一九八九年生まれ、青森県出身。第三回笹井宏之賞永井祐賞受賞。歌集に『ブンバップ』。

P.19　火曜日の～
『ブンバップ』（書肆侃侃房）

吉岡太朗　よしおか・たろう

一九八六年生まれ、石川県出身。第五〇回短歌研究新人賞受賞。歌集に『ひだりききの機械』『世界樹の素描』。

P.20　まだふたり〜

『ひだりききの機械』（短歌研究社）

---

**相田奈緒**　あいだ・なお

一九八三年生まれ、北海道出身。短歌結社「短歌人」所属。坂中真魚、睦月都とともに「神保町歌会」を運営。

P.21　ゆっくりと〜

「短歌道場 in 古今伝授の里（二〇一七年）出場歌」

https://note.com/aidana/n/n661cd8ae2341

---

**内山晶太**　うちやま・しょうた

一九七七年生まれ、千葉県出身。短歌結社「短歌人」所属。「外出」「pool」同人。第一三回短歌現代新人賞受賞。歌集に『窓、その他』（第五七回現代歌人協会賞）。

P.22　水面の〜

『外出』一〇号（私家版）

---

**佐佐木定綱**　ささき・さだつな

一九八六年生まれ、東京都出身。短歌結社「心の花」所属。第六二回角川短歌賞受賞。歌集に『月を食う』（第六四回現代歌人協会賞）。

P.23　ぼくの持つ〜

『月を食う』（角川書店）

---

**兵庫ユカ**　ひょうご・ゆか

一九七六年生まれ。歌集に『七月の心臓』。

P.24　代名詞〜

『七月の心臓』（BookPark）

---

**フラワーしげる**

歌集に『ビットとデシベル』『世界学校』。西崎憲名義で小説家、英米小説の翻訳家としても活動。音楽レーベル「dog and me records」、電子書籍レーベル「惑星と口笛ブックス」主宰。小説『世界の果ての庭』（第一四回日本ファンタジーノベル大賞）『本の幽霊』『未知の鳥類がやってくるまで』、訳書『青と緑 ヴァージニア・ウルフ短篇集』、『ヘミングウェイ短篇集』、『全ロック史』など著書多数。

P.25 あなたが〜
『ビットとデシベル』（書肆侃侃房）

枡野浩一 ますの・こういち

一九六八年生まれ、東京都出身。

歌集に『てのりくじら』『ドレミふぁんくしょんドロップ』『ますの。』『歌ロングロングショートソングロング』『毎日のように手紙は来るけれどあなた以外の人からである 枡野浩一全短歌集』。小説『ショートソング』、歌書『かんたん短歌の作り方』など著書多数。二〇一一年、「踊る！ヒット賞!!」二〇二二年、小沢健二とスチャダラパーが選ぶ「今夜は短歌で賞」受賞。二〇二四年よりタイタン所属のピン芸人としても活動。

P.26 満月を〜
『毎日のように手紙は来るけれどあなた以外の人からである 枡野浩一全短歌集』（左右社）

山田航 やまだ・わたる

一九八三年生まれ、北海道出身。「かばん」会員。第五五回角川短歌賞、第二七回現代短歌評論賞受賞。歌集に『さよならバグ・チルドレン』（第二七回北海道新聞短歌賞、第五七回現代歌人協会賞）『水に沈む羊』『寂しさでしか殺せない最強のうさぎ』。短歌アンソロジー『桜前線開架宣言 Born after 1970 現代短歌日本代表』編著など。

P.27 月明かりが〜
『寂しさでしか殺せない最強のうさぎ』（書肆侃侃房）

**本多真弓**　ほんだ・まゆみ

短歌結社「未来」所属。二〇一〇年、未来年間賞受賞。二〇一二年、未来賞受賞。歌集に『猫は踏まずに』。

P.31　ほんたうは～
『猫は踏まずに』（六花書林）

**平岡直子**　ひらおか・なおこ

一九八四年生まれ、長野県出身。「外出」同人。第二三回歌壇賞受賞。歌集に『みじかい髪も長い髪も炎』（第六六回現代歌人協会賞）。二〇一五年から川柳作家としても活動。川柳句集に『Ladies and』。

P.32　あかるくて～
『みじかい髪も長い髪も炎』（本阿弥書店）

**石井僚一**　いしい・りょういち

一九八九年生まれ、北海道出身。第五七回短歌研究新人賞受賞。歌集に『死ぬほど好きだから死なねーよ』、『目に見えないほどちいさくて命を奪うほどのさよなら』『・』（ともに電子書籍）。

P.33　舞うように～
『死ぬほど好きだから死なねーよ』（短歌研究社）

**笹公人**　ささ・きみひと

一九七五年生まれ、東京都出身。短歌結社「未来」所属。歌集に『念力家族』（ＮＨＫにて連続ドラマ化）『念力図鑑』『抒情の奇妙な冒険』『終楽章』『パラレル百景』（北村みなみとの共著）、短歌入門書『ＮＨＫ短歌　シン・短歌入門』など著書多数。

P.34　死者たちの～
『念力図鑑』（幻冬舎）

**水原紫苑**　みずはら・しおん

一九五九年生まれ、神奈川県出身。第五三回短歌研究賞受賞。歌集に

『びあんか』（第三四回現代歌人協会賞）『くわんおん』（第一〇回河野愛子賞）『あかるたへ』（第五回山本健吉文学賞、第一〇回若山牧水賞）『えぴすとれー』（第二八回紫式部文学賞）『如何なる花束にも無き花を』（第六二回毎日芸術賞）『快樂』（第五七回迢空賞、第二一回前川佐美雄賞）など、エッセイ『桜は本当に美しいのか――欲望が生んだ文化装置』など著書多数。

P.35　まつぶさに～

『びあんか』（雁書館）

鈴木加成太　すずき・かなた

一九九三年生まれ、愛知県出身。短歌結社「かりん」所属。第六一回角川短歌賞受賞。歌集に『うすがみの銀河』（第六七回現代歌人協会賞）。

P.36　月光を～

『うすがみの銀河』（角川書店）

小島ゆかり　こじま・ゆかり

一九五六年生まれ、愛知県出身。短歌結社「コスモス」代表。二〇一七年、紫綬褒章受章。歌集に『水陽炎』『ヘブライ暦』（第七回河野愛子賞）『希望』（第五回若山牧水賞）『憂春』（第四〇回迢空賞）『泥と青葉』（第二六回斎藤茂吉短歌文学賞）『馬上』（第六七回芸術選奨文部科学大臣賞）『六六魚』（第三四回詩歌文学館賞、第一七回前川佐美雄賞）『雪麻呂』（第三回大岡信賞）『はるかなる虹』など多数。

P.37　藍青《らんじやう》の～

『水陽炎』（石川書房）

松村正直　まつむら・まさなお

一九七〇年生まれ、東京都出身。「パンの耳」発行人。歌集に『駅へ』（第一〇回ながらみ書房出版賞）『やさしい鮫』『午前3時を過ぎて』（第一回佐藤佐太郎短歌賞）『風のおとうと』『紫のひと』『駅へ　新装版』。

評論集に『短歌は記憶する』（第九回日本歌人クラブ評論賞）など。

P.38　なぜ君は～

『やさしい鮫』（ながらみ書房）

**石川美南**　いしかわ・みな

一九八〇年生まれ、神奈川県出身。「pool」[sai] 同人、さまよえる歌人の会、橋目侑季（写真・活版印刷）とのユニット「山羊の木」などで活動。歌集に『砂の降る教室』『裏島』『離れ島』『架空線』『体内飛行』（第一回塚本邦雄賞）。

P.39　茸《きのこ》たちの～

『砂の降る教室』（書肆侃侃房）

---

**相川弘道**　あいかわ・ひろみち

一九九六年生まれ、東京都出身。歌集に『SILENT NOISE』。

P.40　Boy・Meets～

『SILENT NOISE』（私家版）

**瀬口真司**　せぐち・まさし

一九九四年生まれ。第五回笹井宏之賞大賞受賞。合同歌集『いちばん有名な夜の想像にそなえて』を青松輝と発行。

P.41　屈託の～

『いちばん有名な夜の想像にそなえて』（私家版）

---

**川島結佳子**　かわしま・ゆかこ

一九八六年生まれ、東京都出身。短歌結社「かりん」所属。歌集に『感傷ストーブ』（第二〇回記念現代短歌新人賞、第六四回現代歌人協会賞）『アキレスならば死んでるところ』。

P.42　会社へと～

『アキレスならば死んでるところ』（現代短歌社）

**三田三郎**　みた・さぶろう

一九九〇年生まれ、兵庫県出身。「ぱんたれい」「西瓜」同人。歌集に『もうちょっと生きる』『鬼と踊る』。

P.43　爆発した〜
『鬼と踊る』（左右社）

虫武一俊　むしたけ・かずとし

一九八一年生まれ、大阪府出身。二〇一二年、うたう☆クラブ大賞受賞。歌集に『羽虫群』（第四二回現代歌人集会賞）。

P.44　少しずつ〜
『羽虫群』（書肆侃侃房）

山川藍　やまかわ・あい

一九八〇年生まれ、愛知県出身。歌集に『いらっしゃい』。『いまドキ語訳越中万葉』『現代短歌パスポート3』などに寄稿。

P.45　あのやばい〜
『いらっしゃい』（角川書店）

鯨井可菜子　くじらい・かなこ

一九八四年生まれ、福岡県出身。短歌結社「星座α」所属。歌集に『タンジブル』『アップライト』。

P.46　試される〜
『タンジブル』（書肆侃侃房）

くどうれいん

一九九四年生まれ、岩手県出身。短歌結社「コスモス」所属。歌集に『水中で口笛』（工藤玲音名義）、東直子との共著『水歌通信』。小説『氷柱の声』（第一六五回芥川賞候補作）、エッセイ集『わたしを空腹にしないほうがいい』など著書多数。

P.47　どこにいても〜
『水中で口笛』（左右社）

千種創一　ちぐさ・そういち

一九八八年生まれ、愛知県出身・中東在住。二〇一三年第三回塔新人賞、二〇二一年現代詩「ユリイカの新人」受賞。歌集に『砂丘律』

（第二二回日本歌人クラブ新人賞、第九回日本一行詩大賞新人賞）『千夜曳獏』。詩集に『イギ』。

P.48　暗くした～
『千夜曳獏』（青磁社）

☪︎…………………………………

俵万智　たわら・まち

一九六二年生まれ、大阪府出身。短歌結社「心の花」所属。第三二回角川短歌賞受賞。第一歌集『サラダ記念日』（第三二回現代歌人協会賞）がベストセラーとなり、現在二八五万部と世代を超えて読み継がれている。その他の歌集に『かぜのてのひら』『チョコレート革命』『プーさんの鼻』『オレがマリオ』『未来のサイズ』（第五五回迢空賞）『アボカドの種』。エッセイに『あなたと読む恋の歌百首』『たんぽぽの日々』など著書多数。

P.49　星の本を～
『オレがマリオ』（河出書房新社）

☪︎…………………………………

穂村弘　ほむら・ひろし

一九六二年生まれ、北海道出身。「かばん」会員。第四四回短歌研究賞受賞。評論、エッセイ、翻訳、絵本など多ジャンルで活動。歌集に『シンジケート』『ドライドライアイス』『手紙魔まみ、夏の引越し（ウサギ連れ）』『ラインマーカーズ』『水中翼船炎上中』（第二三回若山牧水賞）。短歌評論集『短歌の友人』（第一九回伊藤整文学賞）。エッセイ集『世界音痴』『もしもし、運命の人ですか。』『鳥肌が』（第三三回講談社エッセイ賞）など著書多数。雑誌『ダヴィンチ』での短歌投稿連載「短歌ください」では、長期にわたり後続の歌人を多数輩出している。

P.50　月を見ながら～
『回転ドアは、順番に』（ちくま文庫）

☪︎…………………………………

斉藤斎藤　さいとう・さいとう

一九七二年生まれ、東京都出身。短歌結社「短歌人」所属。第二回歌葉新人賞受賞。歌集に『渡辺のわたし』『人の道、死ぬと町』。

P.51　歩行者用〜

『渡辺のわたし』（港の人）

**丸山るい**　まるやま・るい

一九八四年生まれ。短歌結社「短歌人」所属。第二十二回高瀬賞受賞。短歌二人誌『奇遇』を岡本真帆と発行。

P.52　図書館の〜

『ねむらない樹』vol.11（書肆侃侃房）

**濱松哲朗**　はままつ・てつろう

一九八八年生まれ、茨城県出身。短歌結社「塔」所属、「京都ジャンクション」「Tri」同人。二〇一四年、塔創刊六〇周年記念評論賞受賞。歌集に『翅ある人の音楽』。評論集に『日々の鎖、時々の声』。

P.53　つきかげは〜

『翅ある人の音楽』（典々堂）

**井上法子**　いのうえ・のりこ

一九九〇年生まれ、福島県出身。高校在学中に福島県文学賞（短歌部門）青少年奨励賞、同賞（詩部門）奨励賞受賞。歌集に『永遠でないほうの火』。

P.54　月を洗えば〜

『永遠でないほうの火』（書肆侃侃房）

**睦月都**　むつき・みやこ

一九九一年生まれ。「かばん」会員。相田奈緒、坂中真魚とともに「神保町歌会」を、温、吉田恭大とともに「うたとポルスカ」を運営。第六三回角川短歌賞受賞。歌集に『Dance with the invisibles』（第六八回現代歌人協会賞）。

P.55　窓から窓へ〜

『Dance with the invisibles』（角川書店）

**松野志保**　まつの・しほ

一九七三年生まれ、山梨県出身。短歌結社「月光の会」所属。歌集に『モイラの裔』『Too Young To Die』『われらの狩りの掟』。

P.59　月光は〜

『モイラの裔』（洋々社）

**魚村晋太郎**　うおむら・しんたろう

一九六五年生まれ、神奈川県出身。短歌結社「玲瓏」所属。歌集に『銀耳』（第三〇回現代歌人集会賞）『花柄』『バックヤード』。

P.60　真珠色の〜

『バックヤード』（書肆侃侃房）

**木下龍也**　きのした・たつや

一九八八年生まれ、山口県出身。歌集に『つむじ風、ここにあります』『きみを嫌いな奴はクズだよ』『玄関の覗き穴から差してくる光のように生まれたはずだ』（岡野大嗣との共著）『オールアラウンドユー』『荻窪メリーゴーランド』（鈴木晴香との共著）。短歌入門書『天才による凡人のための短歌教室』、「お題」を受けて作歌する、短歌の個人販売プロジェクトを書籍化した『あなたのための短歌集』など著書多数。

P.61　ぼくたちは〜

『食器と食パンとペン』（キノブックス）

**絹川柊佳**　きぬがわ・しゅうか

第五九回短歌研究新人賞受賞。歌集に『短歌になりたい』。

P.62　他人との〜

『短歌になりたい』（短歌研究社）

**我妻俊樹**　あがつま・としき

一九六八年生まれ。神奈川県出身。歌集に『カメラは光ることをやめて触った』。二〇〇五年に第三回ビーケーワン怪談大賞を受賞、怪談作家としても活動。
P.63　遠足の〜
『カメラは光ることをやめて触った』（書肆侃侃房）

**橋爪志保**　はしづめ・しほ
一九九三年生まれ、京都府出身。「羽根と根」「のど笛」「ジングル」同人。第二回笹井宏之賞永井祐賞受賞。歌集に『地上絵』。
P.64　学校を〜
『地上絵』（書肆侃侃房）

**廣野翔一**　ひろの・しょういち
一九九一年生まれ、大阪府出身。短歌結社「塔」所属、「穀物」「短歌ホリック」同人。歌集に『weathercocks』。
P.65　本当の〜
『weathercocks』（短歌研究社）

**中澤系**　なかざわ・けい
一九七〇年生まれ、神奈川県出身。一九九七年、短歌結社「未来」入会。同年、未来賞受賞。二〇〇三年にＡＬＤを発症、二〇〇九年逝去。歌集に『中澤系歌集 uta0001.txt』。
P.66　満月と〜
『中澤系歌集 uta0001.txt』（皓星社）

**大森静佳**　おおもり・しずか
一九八九年生まれ、岡山県出身。短歌結社「塔」所属。第五六回角川短歌賞受賞。歌集に『てのひらを燃やす』『カミーユ』『ヘクタール』（第四回塚本邦雄賞）。歌書に『この世の息　歌人・河野裕子論』。
P.67　月光は〜
『カミーユ』（書肆侃侃房）

**野村日魚子**　のむら・かなこ
一九九三年生まれ。歌集に『百年

後　嵐のように恋がしたいとあなたは言い　実際嵐になった　すべてがこわれわたしたちはそれを見た』。

P.68　犬小屋が～

『百年後　嵐のように恋がしたいとあなたは言い　実際嵐になった　すべてがこわれわたしたちはそれを見た』（ナナロク社）

鈴木美紀子　すずき・みきこ

短歌結社「未来」所属。歌集に『風のアンダースタディ』『金魚を逃がす』（第二〇回日本詩歌句随筆評論大賞短歌部門〈チャレンジ賞〉）。

P.69　指を折り～

『金魚を逃がす』（コールサック社）

山木礼子　やまき・れいこ

一九八七年生まれ、熊本県出身。短歌結社「未来」所属。二〇一一年、未来賞受賞。第五六回短歌研究新人賞受賞。歌集に『太陽の横』（第二二回現代短歌新人賞）。

P.70　なんにんを～

『太陽の横』（短歌研究社）

藪内亮輔　やぶうち・りょうすけ

一九八九年生まれ、京都府出身。短歌結社「塔」所属。二〇一二年、塔短歌賞、第五八回角川短歌賞受賞。歌集に『海蛇と珊瑚』（第四五回現代歌人集会賞）。『心臓の風化』。

P.71　ほそく降る～

『海蛇と珊瑚』（角川書店）

今橋愛　いまはし・あい

一九七六年生まれ、大阪府出身。第一回北溟短歌賞受賞。歌集に『O脚の膝』『としごのおやこ』。

P.72　ばかみたい。～

『O脚の膝』（書肆侃侃房）

**柴田瞳**　しばた・ひとみ

一九七九年生まれ。歌集に『月は燃え出しそうなオレンジ』。

P.73　つないだ手〜

『月は燃え出しそうなオレンジ』（ながらみ書房）

**椛沢知世**　かばさわ・ともよ

一九八八年生まれ、東京都出身。短歌結社「塔」所属。第四回笹井宏之賞大賞受賞。歌集に『あおむけの踊り場であおむけ』。

P.74　月影は〜

『あおむけの踊り場であおむけ』（書肆侃侃房）

**荻原裕幸**　おぎはら・ひろゆき

一九六二年生まれ、愛知県出身。「東桜歌会」主宰、同人誌「短歌ホリック」発行人。第三〇回短歌研究新人賞、名古屋市芸術奨励賞受賞。歌集に『青年霊歌』『甘藍派宣言』『あるまじろん』『世紀末くん！』『デジタル・ビスケット』『リリカル・アンドロイド』（第一一回中日短歌大賞）『永遠よりも少し短い日常』。

P.75　世界最後の〜

『デジタル・ビスケット』（沖積舎）

**北山あさひ**　きたやま・あさひ

一九八三年生まれ、北海道出身。短歌結社「まひる野」所属。第七回現代短歌社賞受賞。歌集に『崖にて』（第六五回現代歌人協会賞、第二七回日本歌人クラブ新人賞、第三六回北海道新聞短歌賞）『ヒューマン・ライツ』。

P.76　梅干しの〜

『崖にて』（現代短歌社）

**脇川飛鳥**　わきがわ・あすか

歌集に『テノヒラタンカ』（天野慶、天道なおとの共著）『ラストイヤー』。

P.77　沁みる月と〜

『ラストイヤー』（私家版）

仲田有里　なかた・ゆり

一九八一年生まれ。「pool」同人。歌集に『マヨネーズ』『四月のストーリー』。詩集に『植物考』。

P.78　月の夜に〜

『マヨネーズ』（思潮社）

宇都宮敦　うつのみや・あつし

一九七四年生まれ、千葉県出身。歌集に『ピクニック』。

P.79　真夜中の〜

『ピクニック』（現代短歌社）

堂園昌彦　どうぞの・まさひこ

一九八三年生まれ、東京都出身。「pool」同人。歌集に『やがて秋茄子へと到る』。

P.80　燦々と〜

『やがて秋茄子へと到る』（港の人）

toron*　とろん

大阪府出身。短歌結社「塔」短歌ユニット「たんたん拍子」「Orion」所属。第一四回塔新人賞受賞。歌集に『イマジナシオン』。

P.81　空、空、空、〜

『イマジナシオン』（書肆侃侃房）

伊藤紺　いとう・こん

一九九三年生まれ、東京都出身。歌集『肌に流れる透明な気持ち』『満ちる腕』を私家版で刊行したのち、二〇二二年に短歌研究社より両作を商業出版として同時刊行。その他歌集に『気がする朝』。

P.82　見上げたら〜

『気がする朝』（ナナロク社）

**阿波野巧也**　あわの・たくや

一九九三年生まれ、大阪府出身。「羽根と根」同人。第五回塔新人賞、第一回笹井宏之賞永井祐賞受賞。歌集に『ビギナーズラック』。

P.83　ただの道〜
『ビギナーズラック』（左右社）

**田村穂隆**　たむら・ほだか

一九九六年生まれ、島根県出身。短歌結社「塔」所属。歌集に『湖《うみ》とファルセット』（第四八回現代歌人集会賞、第六七回現代歌人協会賞）。

P.87　満月は〜
『湖《うみ》とファルセット』（現代短歌社）

**左沢森**　あてらざわ・しん

一九八五年生まれ、山形県出身。第五回笹井宏之賞大賞受賞。ブンゲイファイトクラブ3優勝。

P.88　月面に〜
「手の記録」（朝日新聞二〇二三年三月二九日付夕刊「あるきだす言葉たち」）

**平出奔**　ひらいで・ほん

一九九六年生まれ、福岡県出身。短歌結社「塔」所属。第六三回短歌研究新人賞、第一回三服文学賞大賞受賞。歌集に『了解』。

P.89　降りそうで〜
『了解』（短歌研究社）

**花山周子**　はなやま・しゅうこ

一九八〇年生まれ、東京都出身。「外出」同人。歌集に『屋上の人屋上の鳥』（第一六回ながらみ書房出版賞）『風とマルス』『林立』。

P.90　僕たちは〜
『風とマルス』（青磁社）

**郡司和斗**　ぐんじ・かずと

一九九八年生まれ、茨城県出身。短歌結社「かりん」所属。第三九回かりん賞、第六二回短歌研究新人賞、第四回口語詩句賞新人賞受賞。歌集に『遠い感』。

P.91　こんなにも〜

『遠い感』（短歌研究社）

**山崎聡子**　やまざき・さとこ

一九八二年生まれ、栃木県出身。第五三回短歌研究新人賞受賞。歌集に『手のひらの花火』（第一四回現代短歌新人賞）『青い舌』（第三回塚本邦雄賞）。

P.92　明滅する〜

『手のひらの花火』（短歌研究社）

**寺井奈緒美**　てらい・なおみ

一九八五年生まれ、ホノルル出身。エッセイスト、habotan 名義で土人形作家としても活動。歌集に『アーのようなカー』。エッセイ集に『生活フォーエバー』。

P.93　もう十分〜

『アーのようなカー』（書肆侃侃房）

**堀静香**　ほり・しずか

一九八九年生まれ、神奈川県出身。エッセイストとしても活動。「かばん」会員。歌集に『みじかい曲』。エッセイ集に『せいいっぱいの悪口』『がっこうはじごく』。

P.94　言い合いの〜

『みじかい曲』（左右社）

**東直子**　ひがし・なおこ

一九六三年生まれ、広島県出身。「かばん」会員。第七回歌壇賞受賞。歌集に『春原さんのリコーダー』『青卵』『回転ドアは、順番に』（穂村弘との共著）『水歌通信』（くどうれいんとの共著）、歌書に『短歌の時間』『現代短歌版百人一首』など。小説、児童文学、詩、イラストレーションなど多ジャンルで活動。小説『とりつくしま』『ひとっこひとり』、エッセイ集『魚を抱いて』、詩集『朝、空が見えます』など著書多数。

P.95　淡水パール〜
『青卵』（ちくま文庫）

---

逢坂みずき　おおさか・みずき

一九九四年生まれ、宮城県出身。短歌結社「塔」所属。歌集に『虹を見つける達人』『昇華』。

P.96　月が綺麗〜
『虹を見つける達人』（本の森）

---

小島なお　こじま・なお

一九八六年生まれ、東京都出身。短歌結社「コスモス」所属。第五〇回角川短歌賞受賞。歌集に『乱反射』（第八回現代短歌新人賞、第一〇回駿河梅花文学賞、桐谷美玲主演・谷口正晃監督により映画化）『サリンジャーは死んでしまった』『展開図』。歌書に『短歌部、ただいま部員募集中！』（千葉聡との共著）。

P.97　「月見た？」〜
『アンソロジスト』vol.4（田畑書店）

---

佐クマサトシ　さくま・さとし

一九九一年生まれ、宮城県出身。二〇一八年に平英之、N/W（永井亘）とともにWeb サイト「TOM」を開設、二〇二〇年まで短歌作品を発表。歌集に『標準時』。

P.98　月面の〜
『標準時』（左右社）

---

上澄眠　うわずみ・みん

一九八三年生まれ、神奈川県出身。短歌結社「塔」所属。歌集に『苺の心臓』。

P.99　デスマスク〜

『苺の心臓』（青磁社）

岡本真帆　おかもと・まほ

一九八九年生まれ、高知県出身。歌集に『水上バス浅草行き』『あかるい花束』。歌書に『歌集副読本『老人ホームで死ぬほどモテたい』と『水上バス浅草行き』を読む』（上坂あゆ美との共著）。

P.100　満月に〜

『水上バス浅草行き』（ナナロク社）

中村森　なかむら・もり

島生まれ、東京都出身。歌集に『太陽帆船』。

P.101　波だって〜

『太陽帆船』（KADOKAWA）

錦見映理子　にしきみ・えりこ

一九六八年生まれ、東京都出身。短歌結社「未来」所属。歌集に『ガーデニア・ガーデン』、歌書に『めくるめく短歌たち』。小説家としても活動。小説に『リトルガールズ』（第三四回太宰治賞）『恋愛の発酵と腐敗について』。

P.102　外科病棟〜

『ガーデニア・ガーデン』（本阿弥書店）

大滝和子　おおたき・かずこ

一九五八年生まれ、神奈川県出身。短歌結社「未来」所属。一九八七年、未来年間賞受賞。第三五回短歌研究新人賞受賞。歌集に『銀河を産んだように』（第三九回現代歌人協会賞）『人類のヴァイオリン』（第一一回河野愛子賞）『竹とヴィーナス』。二〇二四年、既刊三冊の歌集を完全収録した『「銀河を産んだように」などⅠⅡⅢ歌集』を刊行。

P.103　月齢は〜

『「銀河を産んだように」などⅠⅡⅢ歌集』（短歌研究社）

☾……………………………

岡野大嗣　おかの・だいじ

一九八〇年生まれ、大阪府出身。歌集に『サイレンと犀』『たやすみなさい』『玄関の覗き穴から差してくる光のように生まれたはずだ』（木下龍也との共著）『音楽』『うれしい近況』。谷川俊太郎と木下龍也との詩と短歌の連詩による共著『今日は誰にも愛されたかった』短歌×散文集『うたたねの地図　百年の夏休み』など著書多数。

P.104　数えるほどの〜

『たやすみなさい』（書肆侃侃房）

☾……………………………

長谷川麟　はせがわ・りん

一九九五年生まれ、岡山県出身。第一〇回現代短歌社賞受賞。歌集に『延長戦』。

P.105　施錠確認に〜

『延長戦』（現代短歌社）

☾……………………………

川野芽生　かわの・めぐみ

一九九一年生まれ、神奈川県出身。小説家、文学研究者としても活動。第二九回歌壇賞受賞。歌集に『Lilith』（第六五回現代歌人協会賞）『星の嵌め殺し』など。小説に『無垢なる花たちのためのユートピア』『月面文字翻刻一例』『奇病庭園』『Blue』（第一七〇回芥川賞候補作）、エッセイ集『かわいいピンクの竜になる』など。

P.106　月の夜は〜

『Lilith』（書肆侃侃房）

☾……………………………

盛田志保子　もりた・しほこ

一九七七年生まれ、岩手県出身。短歌結社「未来」所属。二〇〇〇年、短歌コンクール「うたう」作品賞受賞。歌集に『木曜日』。随想集に『五月金曜日』。

P.107　世の中で〜

『木曜日』（書肆侃侃房）

**佐藤弓生**　さとう・ゆみお

一九六四年生まれ、石川県出身。「かばん」会員。第四七回角川短歌賞受賞。歌集に『世界が海におおわれるまで』『眼鏡屋は夕ぐれのため』『薄い街』『モーヴ色のあめふる』。短歌アンソロジー『短歌タイムカプセル』編著者（東直子、千葉聡との共編著）。詩集『新集　月的現象』『アクリリックサマー』、掌編集『うたう百物語』など。

P.108　月光に～

『モーヴ色のあめふる』（書肆侃侃房）

**鈴木晴香**　すずき・はるか

一九八二年生まれ、東京都出身。短歌結社「塔」所属、京都大学芸術と科学リエゾンライトユニット、「西瓜」同人。二〇一九年、パリ短歌イベント短歌賞にて在フランス日本国大使館賞受賞。歌集に『夜にあやまってくれ』『心がめあて』『荻窪メリーゴーランド』（木下龍也との共著）。

P.109　月ゆきの～

『心がめあて』（左右社）

**安田茜**　やすだ・あかね

一九九四年生まれ、京都府出身。「西瓜」同人。第四回笹井宏之賞神野紗希賞受賞。歌集に『結晶質』。

P.110　月にまつわる～

『結晶質』（書肆侃侃房）

**永井祐**　ながい・ゆう

一九八一年生まれ、東京都出身。歌集に『日本の中でたのしく暮らす』『広い世界と2や8や7』（第二回塚本邦雄賞）。

P.111　月を見つけて～

『日本の中でたのしく暮らす』（短歌研究社）

月のうた

二〇二四年九月十七日　第一刷発行
二〇二四年十一月二十六日　第三刷発行

編　者　左右社編集部
編　集　筒井菜央
装　幀　脇田あすか
写　真　NASA's Scientific Visualization Studio

発行者　小柳学
発行所　株式会社左右社
東京都渋谷区千駄ヶ谷三丁目五五 - 一二
ヴィラパルテノンB1
TEL　〇三 - 五七八六 - 六〇三〇
FAX　〇三 - 五七八六 - 六〇三二
https://www.sayusha.com

印刷所　創栄図書印刷株式会社